MIMI, PAUL & CHABICHOU

NICOLE GIRARD PAUL DANHEUX
ILLUSTRÉ PAR MICHEL BISSON

Chabichou est prisonnier

préscolaire

mondia

ÉDITEUR
ANDRÉ VANDAL

SUPERVISION LINGUISTIQUE
HÉLÈNE LARUE

DIRECTION ARTISTIQUE
ROBERT DOUTRE

ILLUSTRATION
MICHEL BISSON

CHABICHOU EST PRISONNIER

ISBN 2-89114-273-X

Dépôt légal 4ᵉ trimestre 1986
Bibliothèque nationale du Québec
Bibliothèque nationale du Canada

Imprimé au Canada/Printed in Canada

90 1   3 4 / 6 5 4 3 2

Ce matériel est le résultat d'une recherche menée dans le cadre
du Programme de perfectionnement des maîtres en français de
l'Université Laval, à Québec. Sa réalisation a été partiellement
subventionnée par cet organisme.

Paul vient juste de
retrouver Chabichou.

Mais une terrible surprise
l'attendait. . .

Imagine-toi: Chabichou
n'est plus sur la glace.

Il est maintenant prisonnier
DANS un bloc de
glace...

au milieu de la rivière!

Comment a-t-il pu entrer dans la glace?

Paul pense que Chabichou
a employé une formule
magique et qu'il en a
oublié la moitié.

Il est entré dans la glace
pour se cacher...

mais il est incapable d'en ressortir.

De toute façon, il faut
absolument le tirer de là!

Ça fait des jours et des jours qu'on réfléchit...

On pourrait peut-être allumer un grand feu sous le bloc de glace.

Mais non, Chabichou se
mettrait à bouillir...

et se transformerait en vapeur!

Ou alors, on pourrait attendre le printemps: le bloc de glace fondrait alors au soleil.

Mais non, c'est trop long.
D'ici là, Chabichou serait
mort de faim et de froid.

Et si j'inventais une formule magique?

Laissez-moi réfléchir un instant . . . Mmmm, voilà:

«Par tous les nuages, rivières
Et banquises du monde,
Eau de glace et glace de neige,
Je veux te voir fondre, couler,
Partir en buée.

Pour libérer mon chat
Chabichou!»

Oh! comme elle est belle,
ma formule!
Je suis certaine que ça va
marcher.

Je cours l'essayer tout de suite.